**Marine De Sailly**

# Rêves SM

*Tome 2*

*Editions Rebecca Rils*

© 2012 Editions Rebecca Rils - Paris
Tous droits réservés

ISBN : 2-917456-28-6
Imprimé en CEE
Dépot légal : 2ème trimestre 2012

# Rêves SM 7

Toutes les nuits, depuis quelques mois, une jeune femme fait des rêves inavouables, indécents et sulfureux. Le matin, à peine remise de ces déambulations nocturnes et érotiques, elle retranscrit sur un petit carnet les souvenirs et les impressions retenus de ces sombres rêveries...

ETAIS-JE SEULE LORSQUE JE ME CARESSAIS SUR MON LIT ?? TOUT ETAIT CALME...

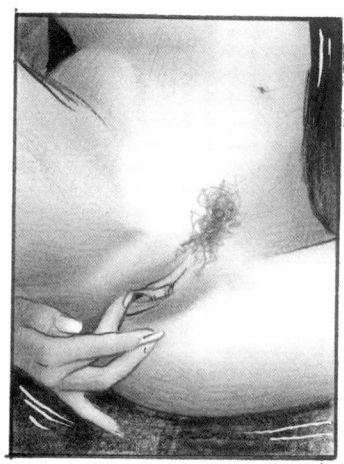

CE BAILLON AURAIT DÛ ME FAIRE REALISER QUE JE N'ETAIS PAS SEULE !!

... MAIS LE PLAISIR QUE JE ME DONNAIS, IL ME SEMBLE QUE JE L'OFFRAIS EGALEMENT... MAIS A QUI ??

OH... NON... JE N'ÉTAIS PAS SEULE ! UN HOMME, LE SEXE BANDÉ, S'APPROCHAIT ...
... CETTE PROMESSE DE PLAISIR M'EXCITAIT DAVANTAGE... LE SEXE ÉTAIT BEAU...
AHH!
BIENSÛR, LA BAGUE EN CUIR ET CLOUTÉ QUI L'ENTOURAIT ME TRACASSAIT UN PEU... MAIS JE TENDIS CEPENDANT LE CUL A CE GOURDIN RAIDE...
...IL ME SODOMI-SA SANS AUTRE PROCÈS... LA DOU-LEUR FUT IN-TENSE...

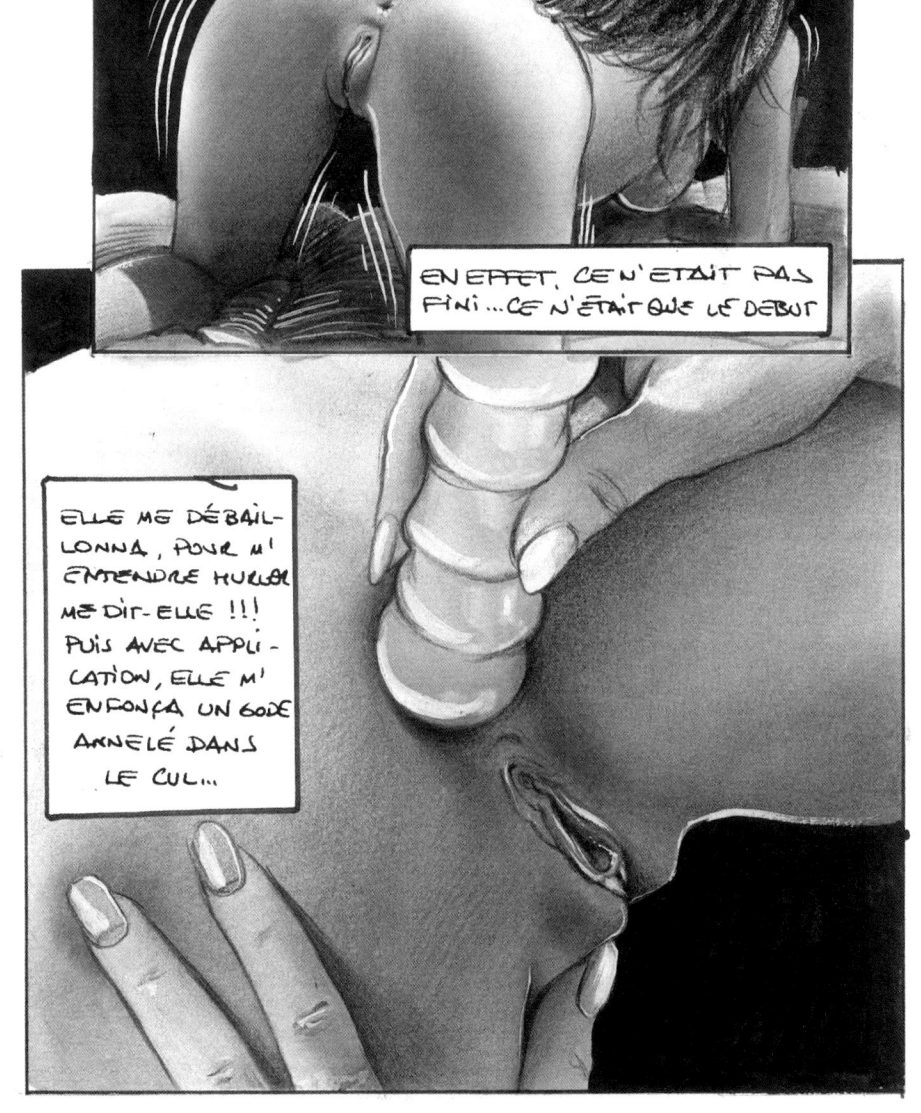

L'ANUS DILATÉ, IL ME LAISSA... PUIS, UNE VOIX DE FEMME ME DIT...

RETOURNE TOI!! CE N'EST PAS FINI!!

EN EFFET, CE N'ÉTAIT PAS FINI... CE N'ÉTAIT QUE LE DÉBUT

ELLE ME DÉBAILLONNA, POUR M'ENTENDRE HURLER ME DIT-ELLE!!! PUIS AVEC APPLICATION, ELLE M'ENFONÇA UN GODE ANNELÉ DANS LE CUL...

ELLE M'EN DONNA UN DEUXIÈME ET M'ORDONNA DE ME SERVIR MOI-MÊME DE CES DEUX PHALLUS... JE SAVAIS QUE L'HOMME SE BRANLAIT...

...EN ME REGARDANT ME DÉFONCER MOI-MÊME LES DEUX TROUS DE MON ENTRE-CUISSES...

SLAK

...PUIS... CE FUT LE POUËT...

AAH!!!
SLAK

LES COUPS DE FOUET LACÈRAIENT MES FESSES... C'ÉTAIT IN-SUPPORTABLE !! PUIS L'HOMME, QUI VENAIT DE SE VIDER LUI-MÊME LES COUILLE S'APPROCHA, ET INTRODUISIT SON SEXE DANS MA BOUCHE AFIN QUE JE LUI REDONNE VIGUEUR !!
C'ETAIT LA PRE-MIÈRE FOIS QUE JE SUÇAIS TOUT EN ME FAISANT FOUETTER...
ARRH !! OUI... MHH... CA VIENT ..
J'ENGLOUTISSAIS SON SEXE QUI SENTAIT ENCORE LA SODO-MIE DE TOUT A L'HEURE... PUIS IL SE VIDA TOTALEMENT...
ARGLH !!

TOUJOURS LE MÊME RÊVE... LE MÊME CAUCHEMAR... ME VOILA PIEDS ET MAINS LIÉS...

... LE CUL EN SANG, ASPERGÉE DE SPERME... CE N'ÉTAIT PAS FINI... IL ME FALLAIT ENCORE ENDURER UN NOUVEAU SUPPLICE...

AAHH

LA CIRE CHAUDE... TU CONNAIS ÇA??

LE DEUX BOUGIES Y PAS-
SERENT. J'AVAIS LE CORPS
SAISI... CRISPÉ PAR LA
PIQÛRE RÉPÉTÉE DE LA CIRE
...

AAHH

ARRÊTEZ

LA DOULEUR ÉTAIT INTE-NABLE... AUSSI, JE M'EVA-NOUIS... EN REPRENANT CON-NAISSANCE, JE ME TROUVAIS ...
...AVAIS-JE DONC RÊVÉ CES COUPS DE FOUET, LA CIRE CHAUDE... TOUT, CELA NE FUT-IL QU'UN SONGE ??
... CHEVAUCHANT UN HOMME... AC'ETAIT BON, NATUREL, SIMPLE... MAIS...
A L'HEURE OÙ J'ECRIS CES QUELQUES LIGNES, JE N'ARRIVE PLUS A DÉMELER LA REALITÉ DU SONGE... MAIS, JE ME BRANLE CAR TOUT CECI ...
... RÊVE OU RÉALITÉ M'A PROFONDEMENT EXCITÉ !! MAIS ??? CES TRACES DE FOUET SUR MES FESSES ???
FIN
de la Rêverie

# Rêves SM 8

JE NE SAIS PAS SI MON RÊVE EST LIÉ A LA SOIRÉE QUE J'AI PASSÉE HIER...!

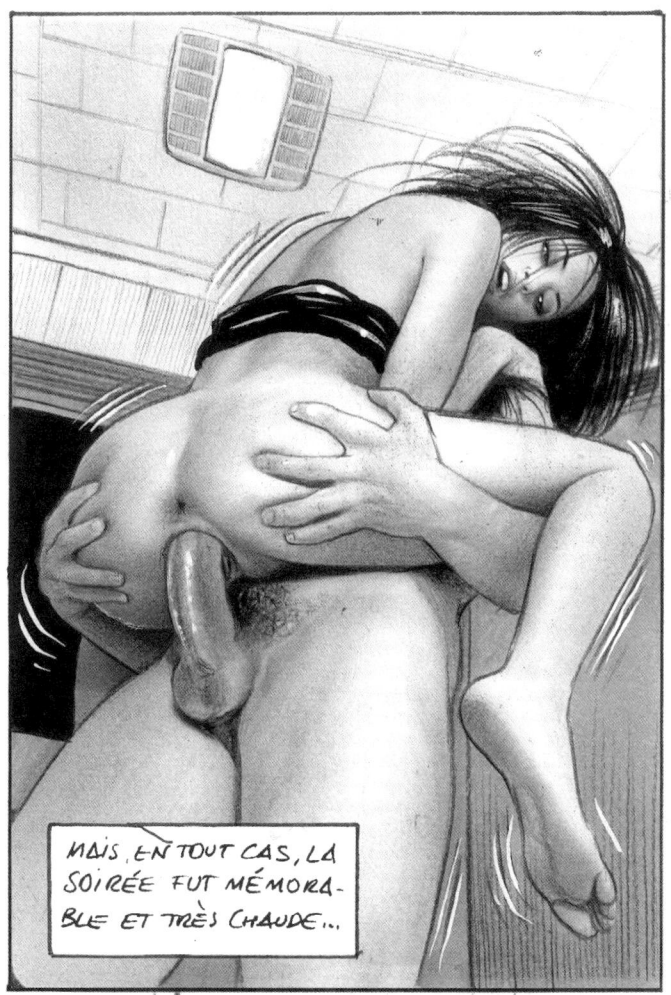

MAIS, EN TOUT CAS, LA SOIRÉE FUT MÉMORABLE ET TRÈS CHAUDE...

OUI... VAS-Y!! C'EST BON...

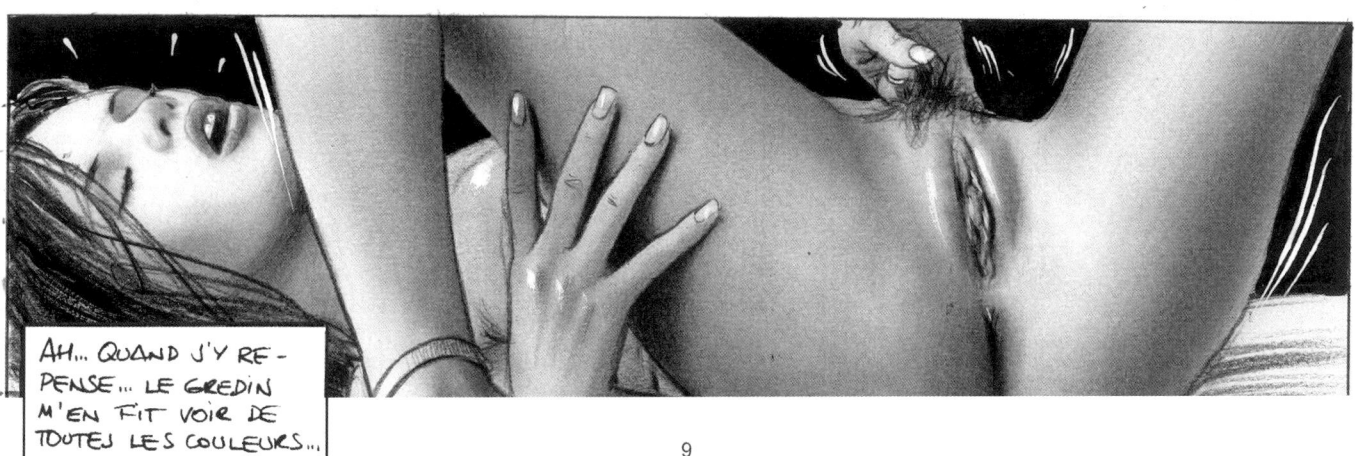

AH... QUAND J'Y REPENSE... LE GREDIN M'EN FIT VOIR DE TOUTES LES COULEURS...

"... SANS PRÉVENIR, IL ME FOURRA SA BITE DANS LE CUL... ET S'APPLIQUA À ME SODOMISER SÉRIEUSEMENT...

ARGL!

NON CONTENT DE SES ASSAUTS, IL VINT, ENSUITE, TRANQUILLEMENT, S'ESSUYER LA QUEUE ENTRE MES SEINS...

ARGL!

... POUR SE VIDER ENFIN LES COUILLES SUR MON VISAGE ET DANS MA BOUCHE... PUIS, ÉPUISÉE... JE M'ENDORMIS...

— Approche ma belle... j'ai soif... vite !

*Rêve curieux... oui...*

*Oui... j'exécutais, sans réfléchir chaque ordre donné !*

— N'oublie pas que tu es là pour me servir !

— Je pense que tu as besoin d'un peu d'exercice...

— Oui, maîtresse !...

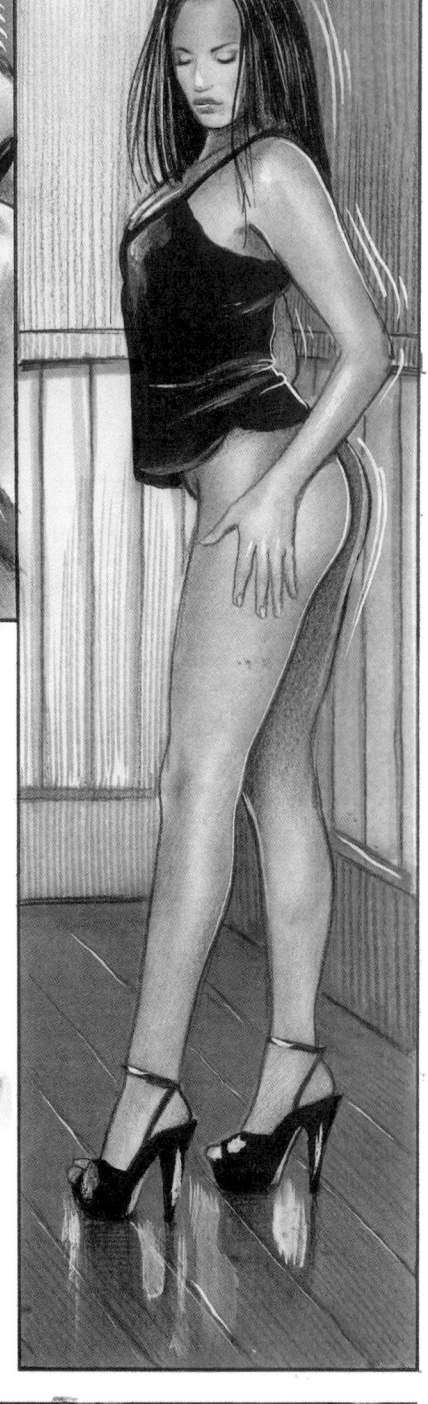

« Oui, maîtresse ! Oui, maîtresse... J'en avais plein la bouche de ces : " Oui ! Maîtresse !! " »

Sur ses ordres, je me débarrassai de mes vêtements... ça allait barder...

Tu es vraiment trop jolie... il faut que je flétrisse cette beauté insolente...

Je savais ce que cela voulait dire... Elle voulait me voir grimaçante, hurlant sous la douleur...

Aïe!

AAHHH!!

SHLAK!

SHLAK!

AAHHHH!!!

Je ne sais pas si ma beauté s'était évanouie, mais en tout cas, je grimaçais et me tordais sous les coups...

Laisse-la moi... je vais m'en occuper!

D'OÙ VENAIT CE TYPE. QUE ME VOULAIT-IL ?

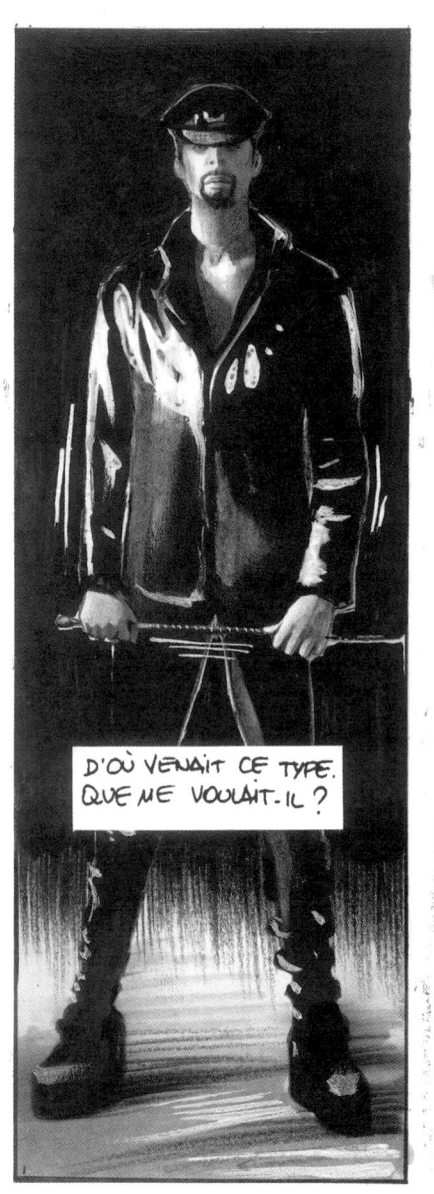

LAISSONS DE CÔTÉ LE FOUET, ET REVENONS À DES RAPPORTS PLUS... HUMAINS !

CE N'EST PAS POUR ME DÉPLAIRE, MAIS DE GRÂCE... PAS DE SODOMIE !!

QUE N'AVAIS-JE PAS DIT !! PENSEZ SI LE TYPE S'EN LAISSA CONTER... IL SAISIT SON ÉNORME GOURDIN, ET SANS COUP FÉRIR, L'ENFONÇA AU PLUS PROFOND DE MON CUL...

AAH... BIEN ÉTROIT TON PETIT TROU... COMME JE LES AIME...

NON !! AAHH ! AAAAHH

CE N'EST PAS QUE JE N'AIME PAS ME FAIRE ENCULER... MAIS J'AIME CONNAITRE LE TYPE !!!
LÀ, CET INCONNU ME LABOURAIT L'ARRIÈRE-TRAIN AVEC UNE VIGUEUR... PFF...
AUSSI, QUEL NE FUT PAS MON SOULAGEMENT LORSQU'IL SE RETIRA ...
TELLEMENT SOULAGÉE, JE LUI BOUFFAI LA QUEUE JUSQU'À LA DERNIÈRE GOUTTE...
ARGL
ARRGL !!

— NON! NON! ON NE SE REPOSE PAS... RETOURNE-TOI !!

— OUI... TENDS À NOUVEAU TON PETIT CUL MEURTRI !!

— MEURTRI ?? RAVAGÉ, OUI !! CE N'ÉTAIT PLUS QU'UN PAQUET DE CHAIRS À VIF !!

... MAIS CERTAINS RÊVES SONT SANS FIN... ILS SE RÉPÈTENT À L'INFINI TOUT AU LONG D'UNE NUIT AGITÉE, HUMIDE, MAIS SURTOUT, INTERMINABLE... LE PIRE C'EST QUAND, AU RÉVEIL, L'ON S'APERÇOIT, AVEC STUPEUR, QUE L'ON A PAS RÊVÉ...

# FIN de la Rêverie

# Rêves SM 9

AÏ-JE DORMI ??... HIER SOIR, JEAN ÉTAIT-IL LÀ ?...

OU BIEN L'AI-JE RÊVÉ... MAIS POURTANT... CE SANG SUR MES FESSES...

NOUS NE NOUS DISIONS RIEN... TOUT ÉTAIT DANS LE REGARD... MES YEUX NE POUVAIENT SE DÉTACHER...

TOUT COMMENÇA COMME D'HABITUDE... IL ÉTAIT SUR LA BANQUETTE... NOUS ÉTIONS SEULS POURTANT... NOUS AVIONS L'HABITUDE DE NOUS RETROUVER POUR UNE PARTIE DE JAMBES EN L'AIR VITE FAITE... BIEN FAITE...

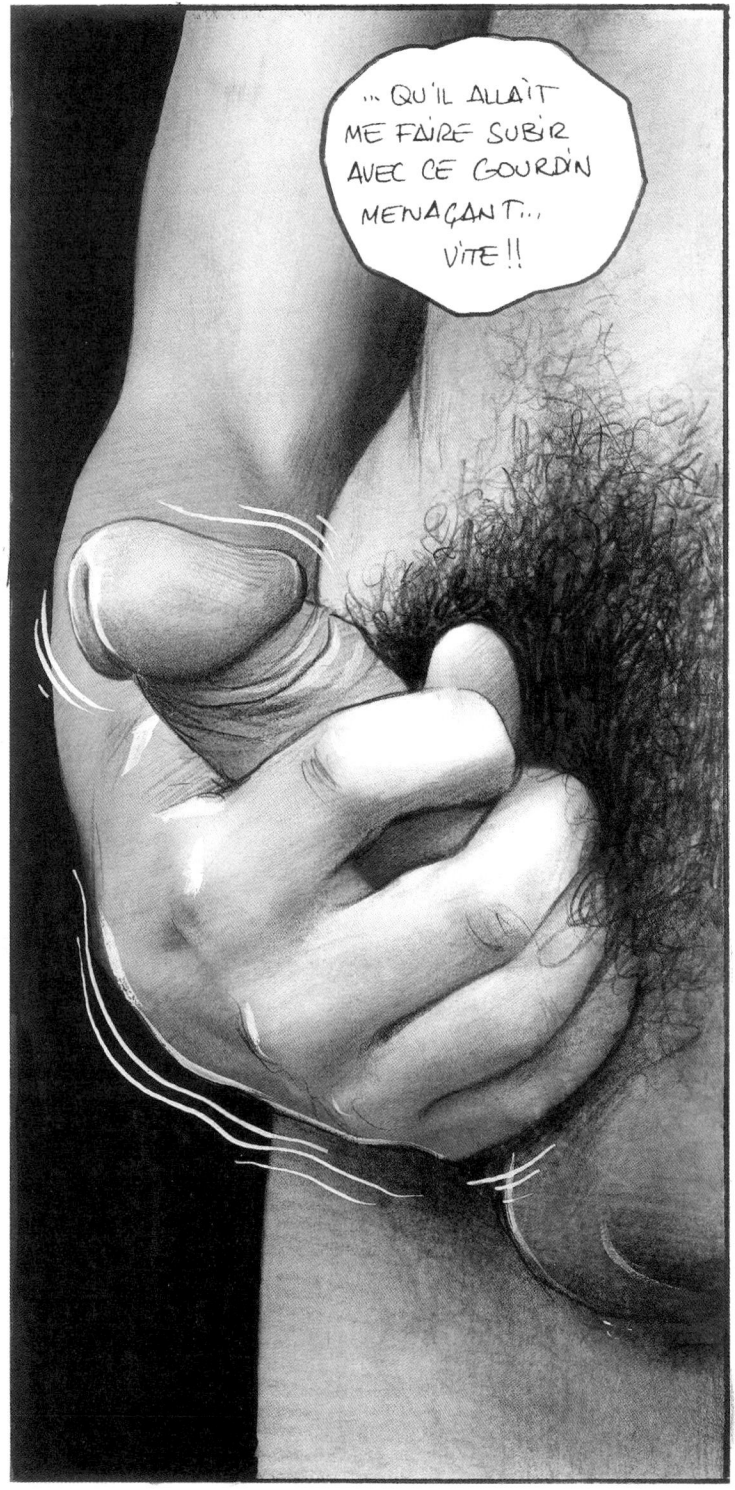

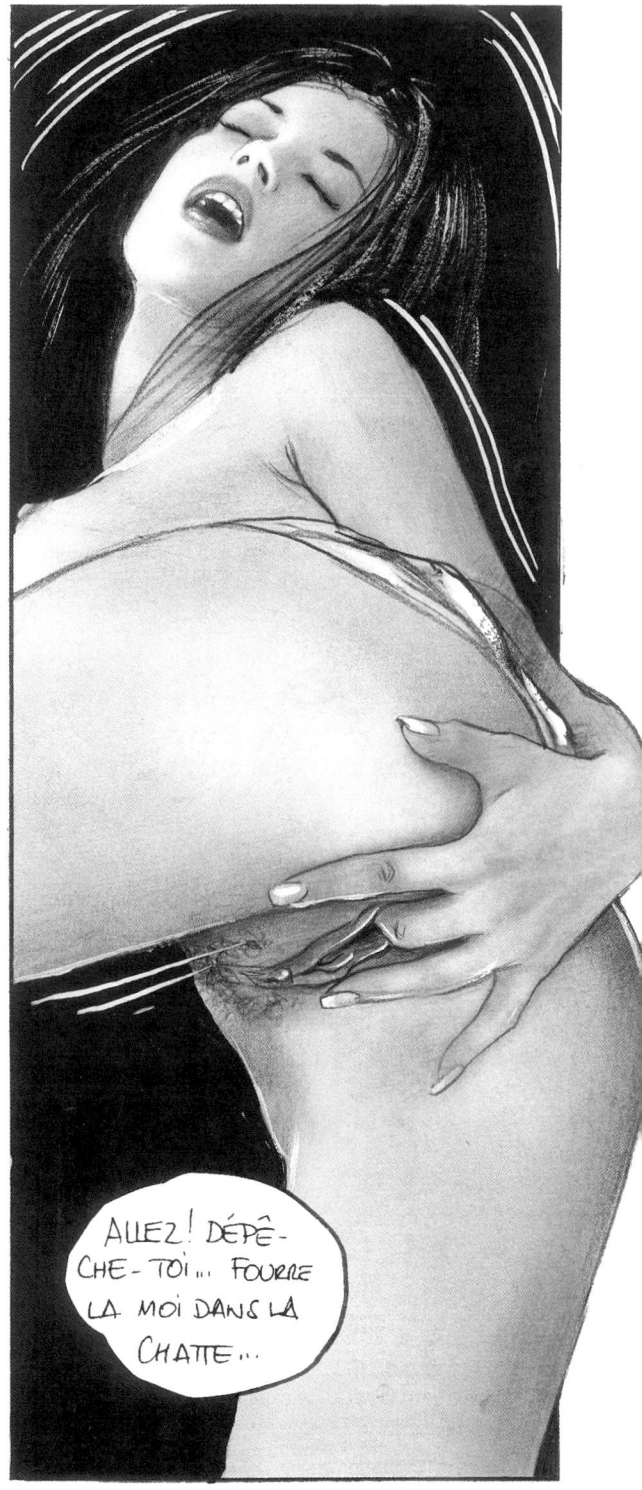

"... DE SON SEXE BANDÉ... JE MOUILLAIS COMME UNE FOLLE À L'IDÉE DE CE...

"... QU'IL ALLAIT ME FAIRE SUBIR AVEC CE GOURDIN MENAÇANT... VITE !!

ALLEZ ! DÉPÊCHE-TOI... FOURRE LA MOI DANS LA CHATTE...

AUSSITÔT DIT, AUSSITÔT FAIT... IL ENFONÇA SA BITE ENTRE MES LÈVRES BAVEUSES...
AHHH!! ENFIN!
NOUS BAISÂMES PENDANT DES HEURES... RIEN NE SEMBLAIT POUVOIR NOUS ARRÊTER...

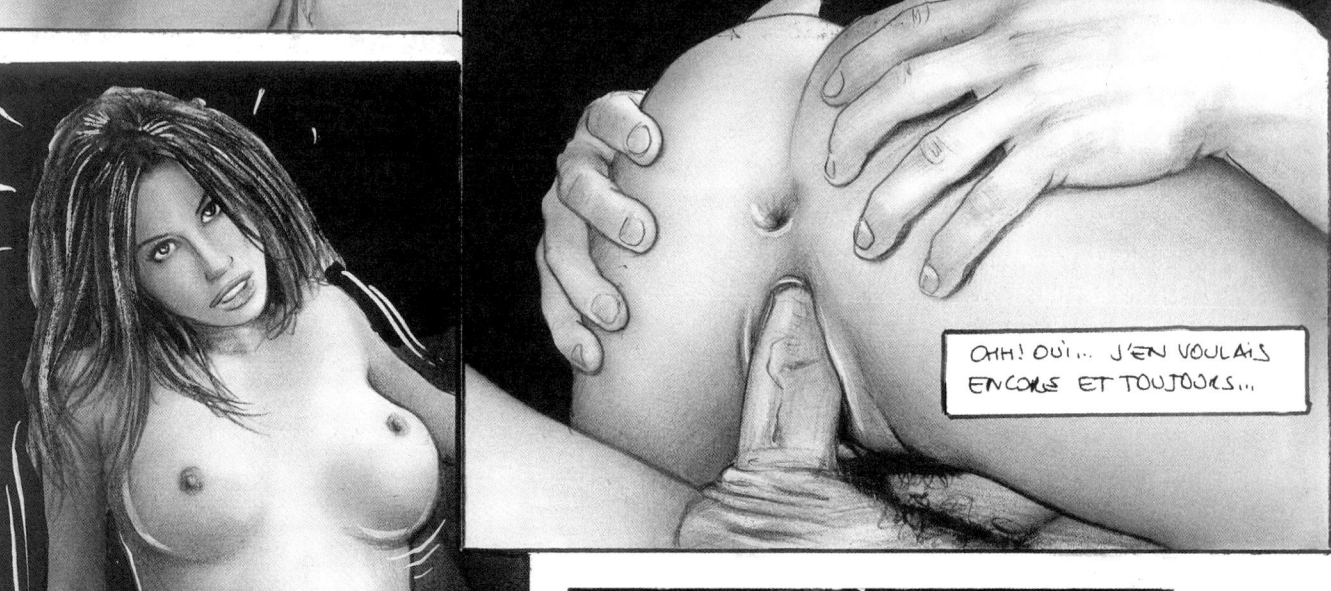

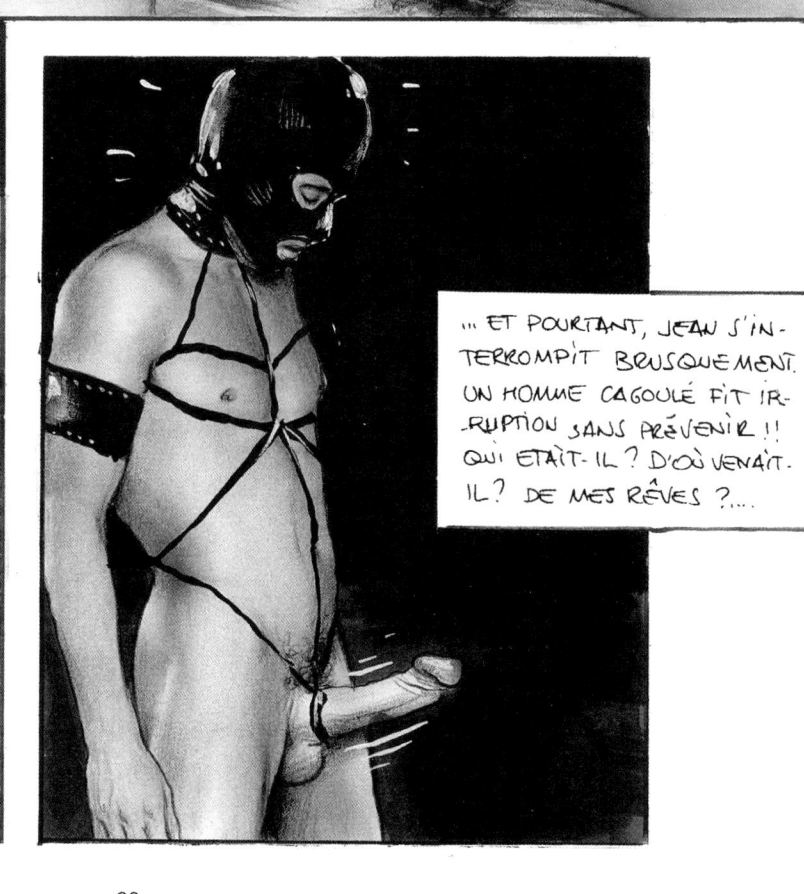

ALORS !? QU'EN DIS-TU ?? TU EN VEUX ENCORE ??

OHH! OUI!... J'EN VOULAIS ENCORE ET TOUJOURS...

... ET POURTANT, JEAN S'IN-TERROMPIT BRUSQUEMENT. UN HOMME CAGOULÉ FIT IR-RUPTION SANS PRÉVENIR !! QUI ÉTAIT-IL ? D'OÙ VENAIT-IL ? DE MES RÊVES ?...

JE ME JETAI SUR CETTE NOUVELLE BITE BIEN FRAÎCHE... JE LA POMPAI GOULÛMENT...
BIEN... TRÈS BIEN... CONTINUE... OUI...
JE NE SENTAIS PLUS MES LÈVRES TANT LE VA ET VIENT ÉTAIT FRÉNÉTIQUE! QUAND SOUDAIN...
AHH!!..
... SANS PRÉVENIR, IL SE RETIRA DE MA BOUCHE ET, SANS CÉRÉMONIE, ME PRIT AVEC UNE FORCE ET UNE VIOLENCE INOUÏE!! IL ME BAISA ET M'ENCULA SANS MÉNAGEMENT...

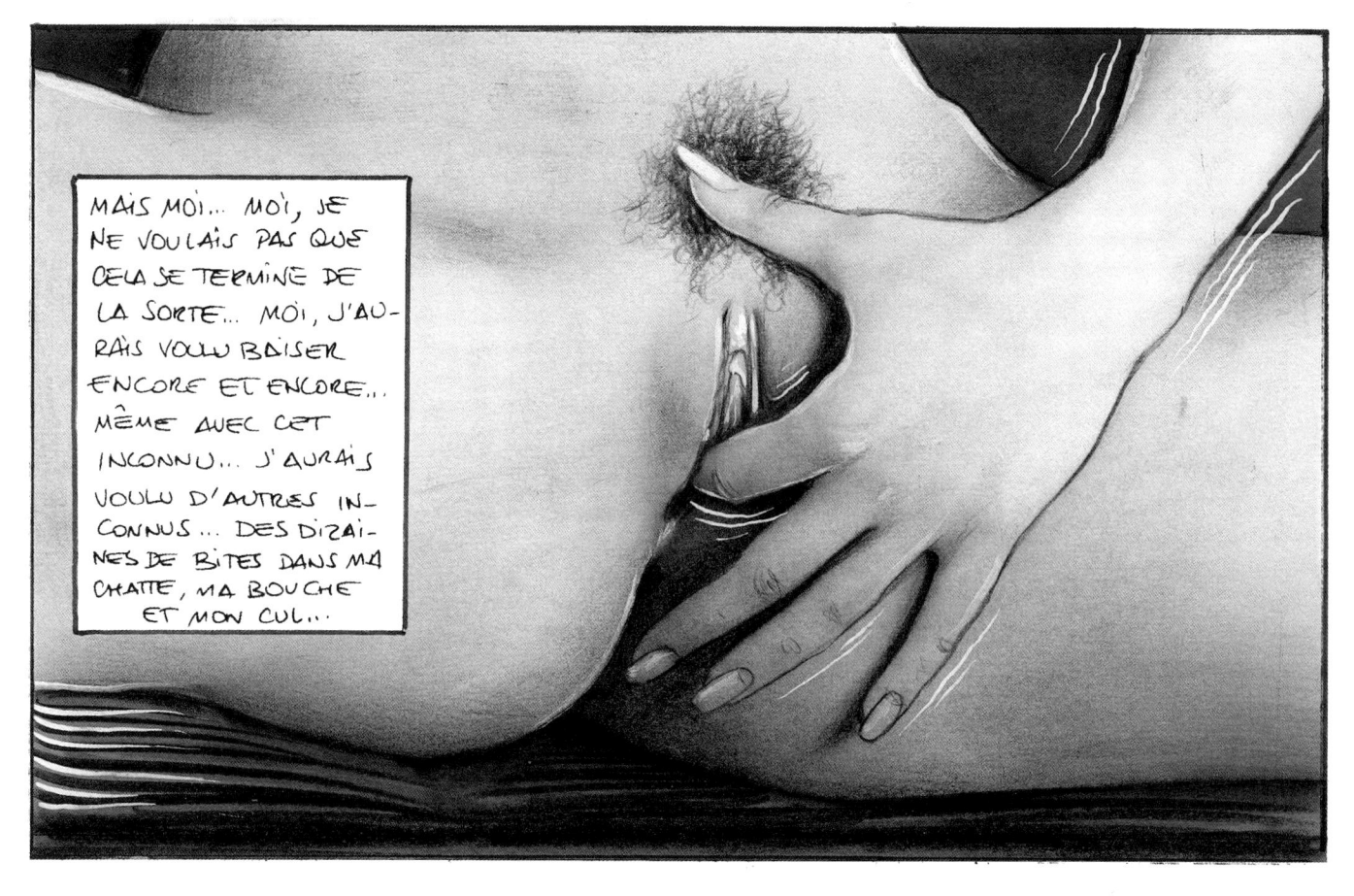

ARGL!

C'EST ALORS QUE L'UN ET L'AUTRE SE VIDÈRENT LES COUILLES... L'UN SUR MES FESSES...

TANDIS QUE JEAN ÉJACULA ABONDAMMENT SUR MES SEINS...

ARGL!

MAIS MOI... MOI, JE NE VOULAIS PAS QUE CELA SE TERMINE DE LA SORTE... MOI, J'AURAIS VOULU BAISER ENCORE ET ENCORE... MÊME AVEC CET INCONNU... J'AURAIS VOULU D'AUTRES INCONNUS... DES DIZAINES DE BITES DANS MA CHATTE, MA BOUCHE ET MON CUL...

"Mais, Jean et l'inconnu se mirent à l'écart... Ils appelèrent une certaine "Mila" qui ne tarda pas à faire son apparition..."

Et là, ce fut tout autre chose pour moi... En effet, cette dernière, munie d'un long fouet s'approcha de moi... Elle ne dit pas un mot... Elle leva le bras...

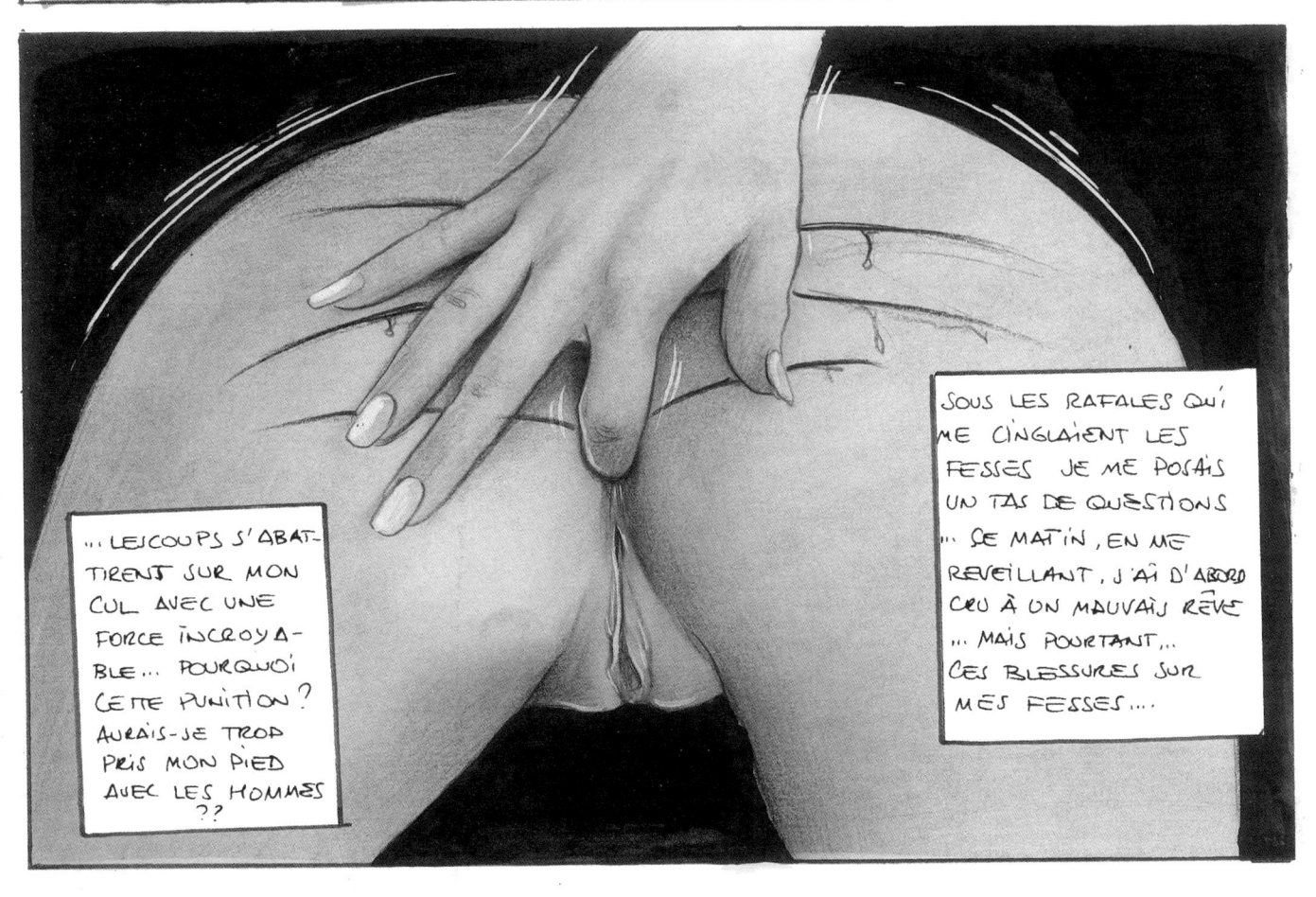

SHLAK!!

"...Les coups s'abattirent sur mon cul avec une force incroyable... Pourquoi cette punition ? Aurais-je trop pris mon pied avec les hommes ??"

Sous les rafales qui me cinglaient les fesses je me posais un tas de questions... Ce matin, en me réveillant, j'ai d'abord cru à un mauvais rêve... Mais pourtant,... ces blessures sur mes fesses....

# 10
# Rêves SM

Ce matin, je raconte un nouveau rêve... Il y avait cet homme, prêt à tout, et surtout à me baiser dès qu'il le pourrait...! Mais, il n'était pas seul... Plusieurs jeunes femmes m'entouraient également... Je compris très vite que c'étaient elles qui décideraient de la tournure des évènements!

Moi, j'étais nue, ou presque! L'idée de me faire baiser par ce type me plaisait assez! Mais...

...Mais, il était clair que, ni lui ni moi, ne déciderions de ce que nous allions faire...

...Le pouvoir était entre les mains de ces femmes excitées au plus haut point...

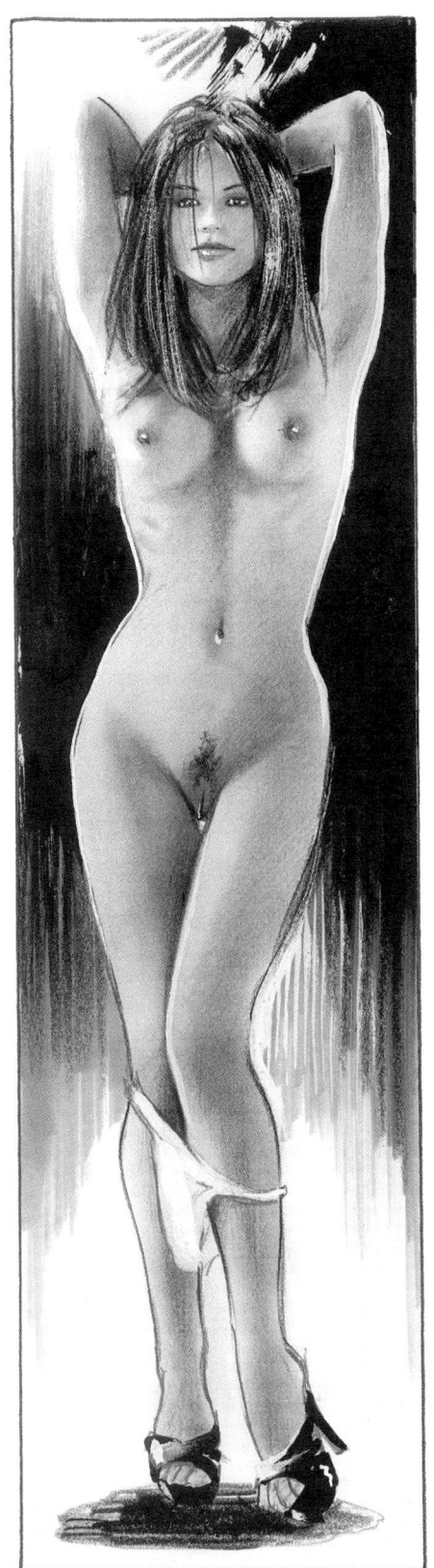

JE ME RETROUVAIS AUSSITÔT NUE... LA CURIOSITÉ ÉTAIT CERTAINEMENT UN PEU À L'ORIGINE DE L'EXCITATION QUI EMPLISSAIT MON CORPS... ET PUIS, LA VUE DU SEXE BANDÉ DE CET HOMME JUSQU'À PRÉSENT SILENCIEUX ME FAISAIT NATURELLEMENT CAMBRER LES REINS...

C'EST, CHACUNE À SON TOUR, QUI DONNAIT LES ORDRES... JE M'EXÉCUTAIS SOUS LEURS REGARDS INQUISITEURS...

PUIS... L'UNE D'ELLES BRANDIT UN FOUET...

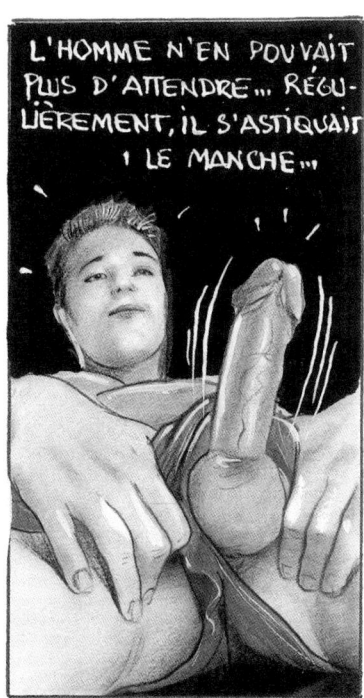

L'HOMME N'EN POUVAIT PLUS D'ATTENDRE... RÉGULIÈREMENT, IL S'ASTIQUAIT LE MANCHE...

SLAK!!

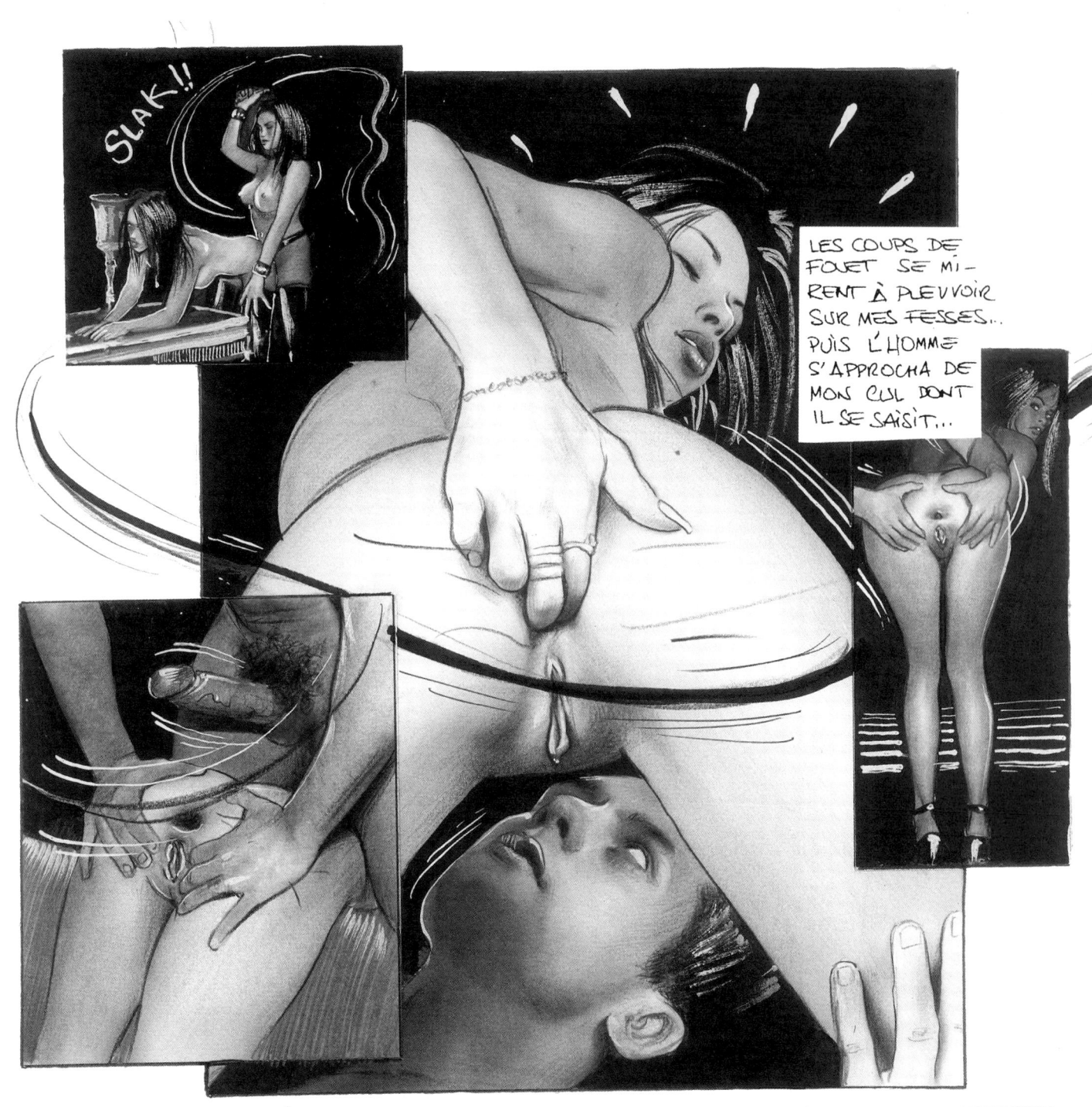

LES COUPS DE FOUET SE MIRENT À PLEUVOIR SUR MES FESSES... PUIS L'HOMME S'APPROCHA DE MON CUL DONT IL SE SAISIT...

APRÈS AVOIR ASSISTÉ ET OBSERVÉ LA SCÈNE, PENDANT QUE JE HURLAIS DE DOULEUR SOUS LES COUPS QUI ME FENDAIENT LES FESSES, ORDONNÉS PAR LES FEMMES, L'HOMME, APRÈS M'AVOIR DILATÉ L'ANUS SE BRANLA LONGUEMENT TANDIS QU'IL FOUILLAIT MON PETIT TROU DE SES GROS DOIGTS. PUIS...

AAH AAH

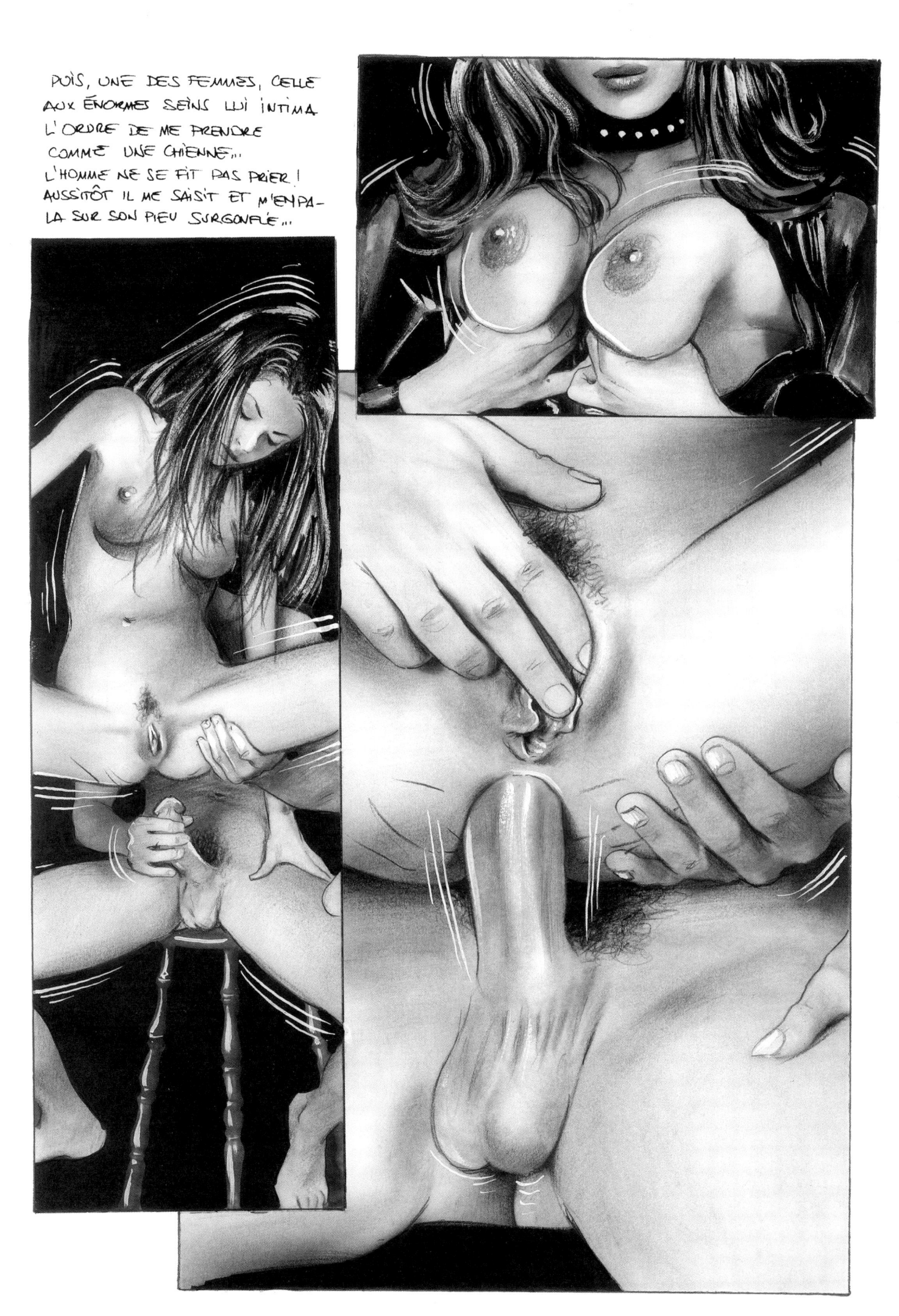

PUIS, UNE DES FEMMES, CELLE AUX ÉNORMES SEINS LUI INTIMA L'ORDRE DE ME PRENDRE COMME UNE CHIENNE... L'HOMME NE SE FIT PAS PRIER! AUSSITÔT IL ME SAISIT ET M'EMPA- LA SUR SON PIEU SURGONFLÉ...

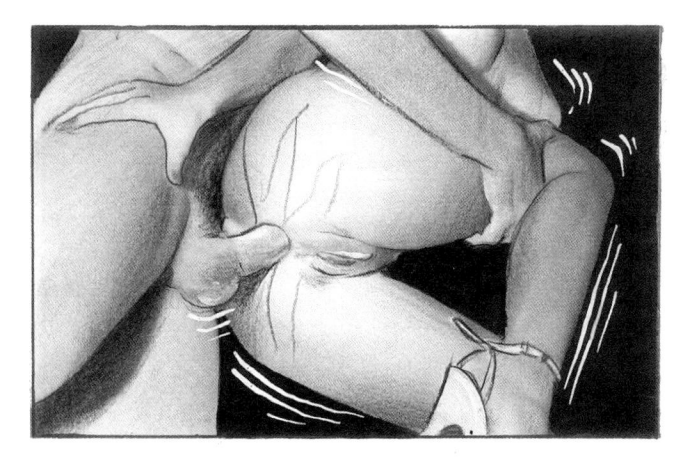

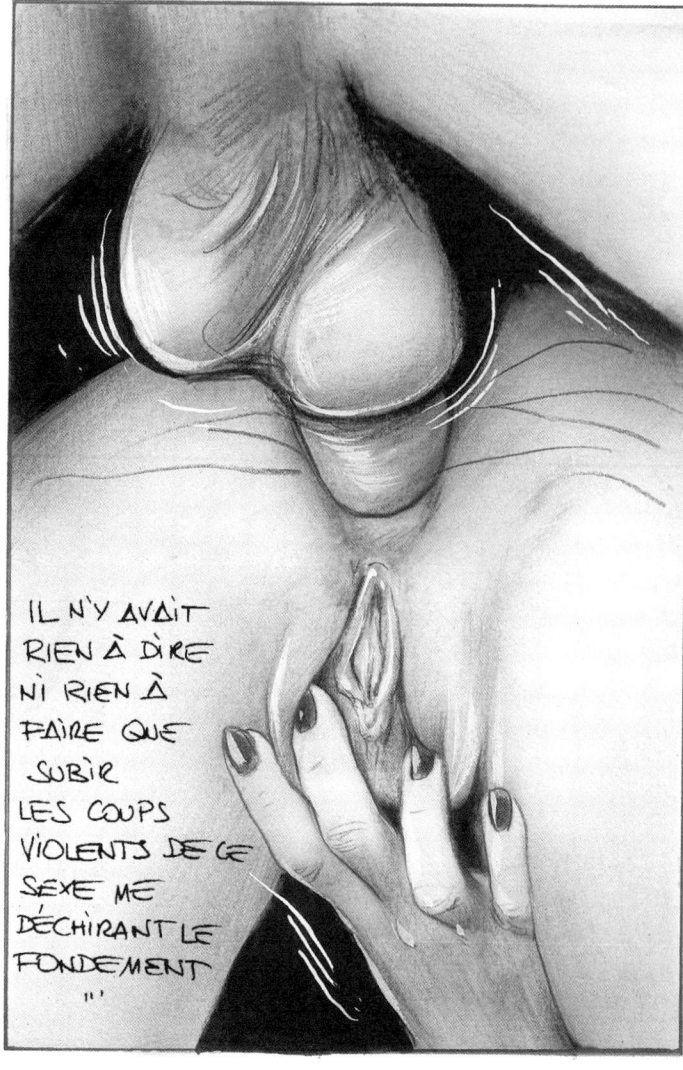

IL N'Y AVAIT RIEN À DIRE NI RIEN À FAIRE QUE SUBIR LES COUPS VIOLENTS DE CE SEXE ME DÉCHIRANT LE FONDEMENT...

ÉJACULE-LUI DANS LA GUEULE !!

PUIS, OBÉISSANT AUX ORDRES QU'IL RECEVAIT, L'HOMME SE RETIRA SOUDAIN ET AMENA SON SEXE ROUGI À MA BOUCHE...

JAMAIS JE N'AVAIS SUCÉ SEXE AUSSI GROS... SES COUILLES PLEINES DE SPERME SE VIDÈRENT SANS TARDER...

...LA TIÉDEUR ET LA DOUCEUR DE CE JUS DE BITE APAISA QUELQUE PEU LES DOULEURS QUI ME CHAUFFAIENT LE CUL...

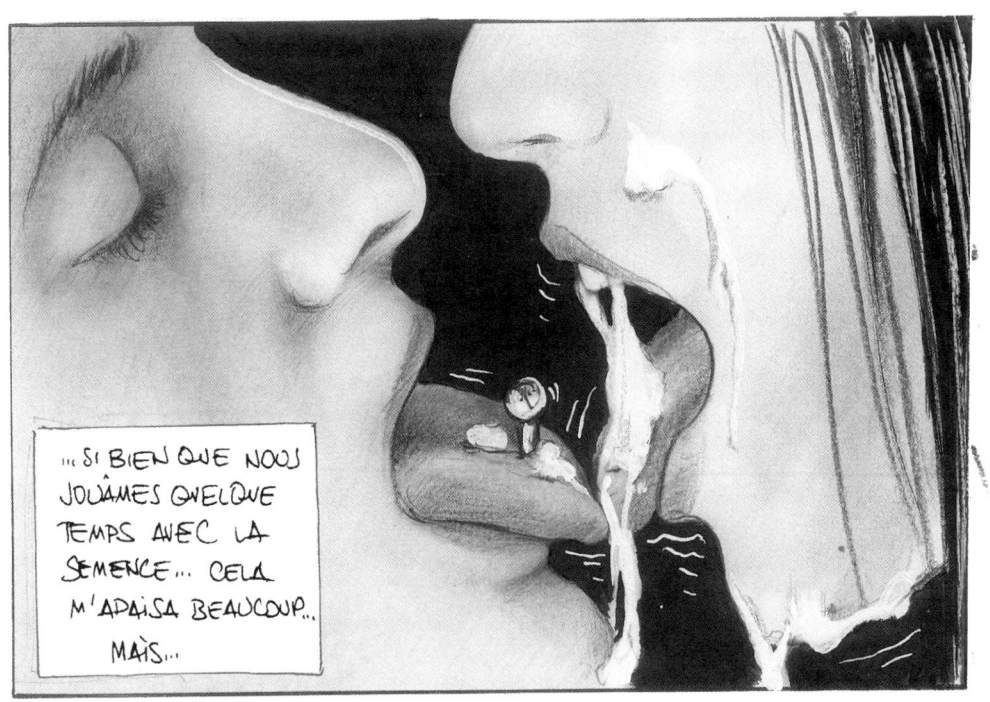

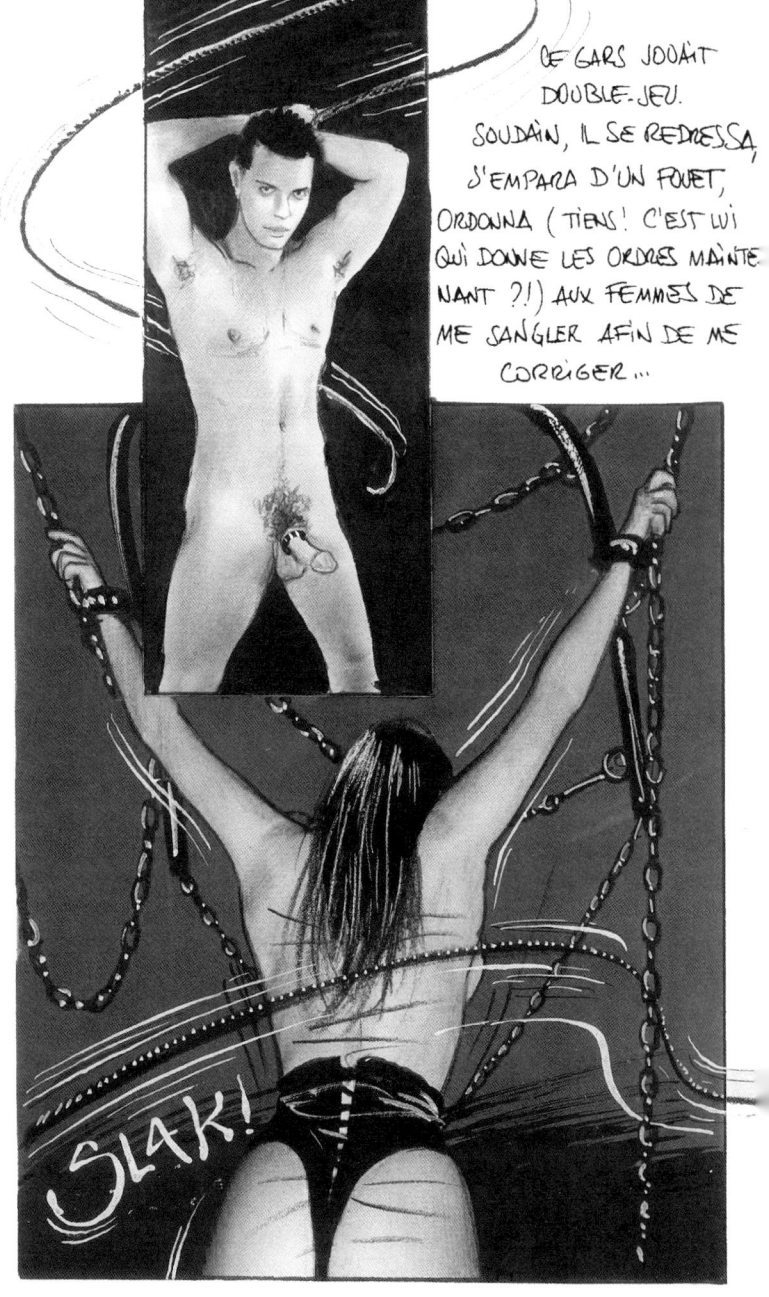

"...SI BIEN QUE NOUS JOUÂMES QUELQUE TEMPS AVEC LA SEMENCE... CELA M'APAISA BEAUCOUP... MAIS...

OUI! IL S'AGISSAIT DE ME PUNIR POUR CE COURT MOMENT DE RÉPIT QUE JE M'ÉTAIS ACCORDÉ...

CE GARS JOUAIT DOUBLE-JEU. SOUDAIN, IL SE REDRESSA, S'EMPARA D'UN FOUET, ORDONNA (TIENS! C'EST LUI QUI DONNE LES ORDRES MAINTENANT?!) AUX FEMMES DE ME SANGLER AFIN DE ME CORRIGER...

SLAK!

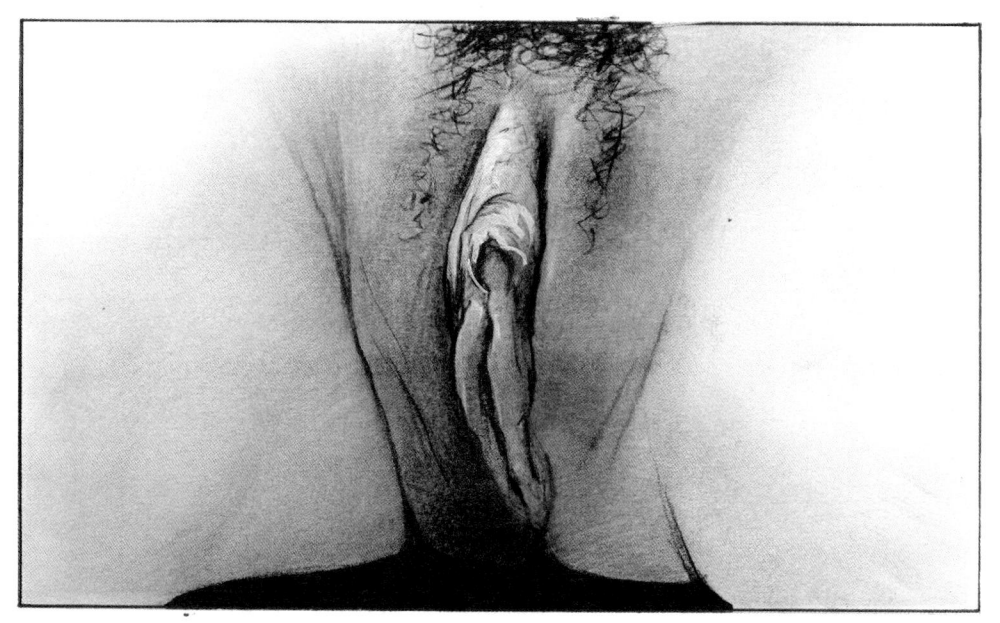

LE PIRE DANS CELA, CE N'ÉTAIT MÊME PLUS LES COUPS QUI PLEUVAIENT... LA DOULEUR, ON S'Y RÉSIGNE...

NON! LE PIRE, C'ÉTAIT L'ÉTINCELLE SADIQUE ET LUBRIQUE DANS L'ŒIL DE CES GARCES...

FIN de la RÊVERIE...

# Rêves SM 11

QUELLE NUIT ENCORE !!! CES RÊVES À RÉPÉTITION M'ÉPUISENT... ET CETTE NUIT, CE FUT... SPORTIF ET INQUIÉTANT... TOUT COMMENÇA À LA FIN D'UNE JOURNÉE DE TRAVAIL... R.T.T... MIDI : LE RUSH... JE RENTRE CHEZ MOI, PUIS COMME CHAQUE VENDREDI APRÈS-MIDI...

... JE VAIS RENDRE VISITE À MA COPINE VÉRA. NOUS AVIONS PRIS L'HABITUDE DE NOUS DÉLASSER APRÈS NOTRE SEMAINE DE BOULOT... TOUT EN DOUCEUR, COMME DEUX FEMMES TRÈS PROCHES SAVENT LE FAIRE...

HIK! HIK!

...JE NE SAIS PAS POUR-QUOI, CE JOUR-LÀ, ELLE M'INVITA À PARTAGER CET INSTANT DE PURE VOLUPTÉ... À LA CAVE!!! SANS POSER DE QUESTIONS J'ACCEPTAI, TOUT EXCITÉE À L'IDÉE DES CARESSES QUE NOUS ALLIONS ÉCHAN-GER... DU PLAISIR QUI NOUS ATTENDAIT...

HIK! HIK! HIK!

SUR LE MATELAS JETÉ DANS L'OBSCURITÉ DU LIEU, NOUS RETROUVÂMES TRÈS VITE NOS MARQUES...

MAIS... NOUS N'ÉTIONS PAS SEULES...

NOUS OUBLIIONS TOUT... NOUS NOUS ABANDONNIONS L'UNE À L'AUTRE... CE N'ÉTAIT QUE DOUCEUR ET PLAISIR MÊME LES GODEMICHÉS NOUS PÉNÉTRAIENT "AFFECTUEUSEMENT"...

COMME UNE LAME DE FOND, LE PLAISIR NOUS SUBMERGEAIT... LES GODES ALLAIENT ET VENAIENT ENTRE NOS PAROIS HUMIDES...

PUIS... VERA, SOUDAINEMENT, CHANGEA DE TON POUR M'INVITER À ACCEPTER DE PROLONGER CES INSTANTS...

MMM... OHH... JE... JE CONNAIS UN AUTRE JEU, SI TU VEUX BIEN...

MAIS... MHH... OUI... MAIS... C'EST QUOI CE NOUVEAU JEU ?... QUE FAIS-TU ??

HIK! HIK! HIK! HIK..
ENCORE TOUT ÉMOUSTILLÉE DE NOS ÉTREINTES... JE NE COMPRENAIS PAS BIEN CE QUI ÉTAIT EN TRAIN DE SE PASSER...
HA! OOH!
POURTANT, TRÈS VITE, JE COMPRIS QUE CE N'ÉTAIT PLUS MOI QUI JOUAIT, MAIS VÉRA QUI SE JOUAIT DE MOI... LIGOTÉE, IL ME FALLAIT ASSISTER À SES ÉBATS AVEC UN TYPE DE PASSAGE... D'OÙ VENAIT-IL CELUI-LÀ ??
OUI !!! METS-LA MOI PROFOND !! FAIS BAVER CETTE CATIN !!
... POURQUOI CE CHANGEMENT RADICAL DE MON AMIE ?? QUE SE PASSAIT-IL ?? OÙ VOULAIT-ELLE EN VENIR ? ET SURTOUT, QUE VOULAIT-ELLE ET ATTENDAIT-ELLE DE MOI... QU'ALLAIT-ÊTRE MON RÔLE, AU FOND DE CETTE CAVE... HANTÉE PAR CES RATS QUI NOUS ÉPIAIENT...

ARGL!!

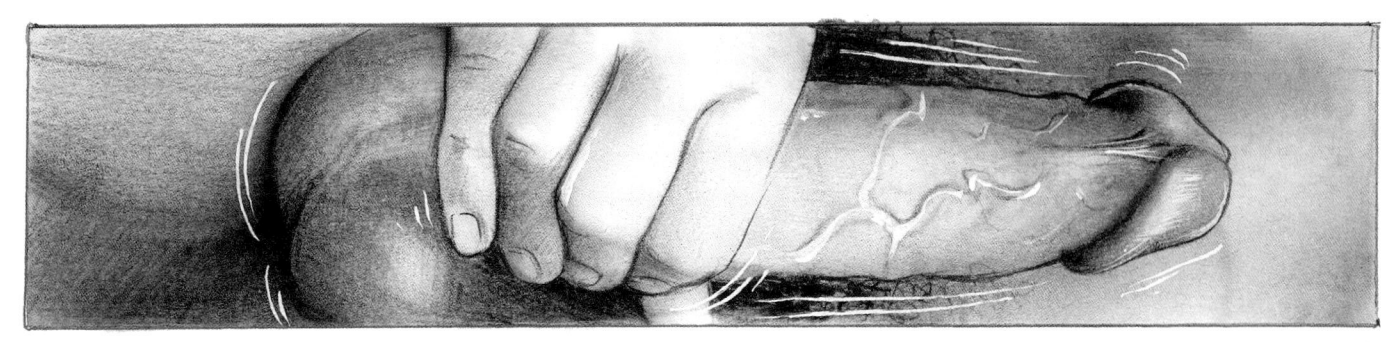

EN TOUS CAS, JE COMPRIS VITE QUE J'ALLAIS DEVENIR LE SOUFFRE-DOULEUR DE CES DEUX FOUS... APRÈS AVOIR BIEN BAISÉ SOUS MES YEUX, LE TYPE SE DÉCHARGEA ABONDAMMENT SUR MOI...

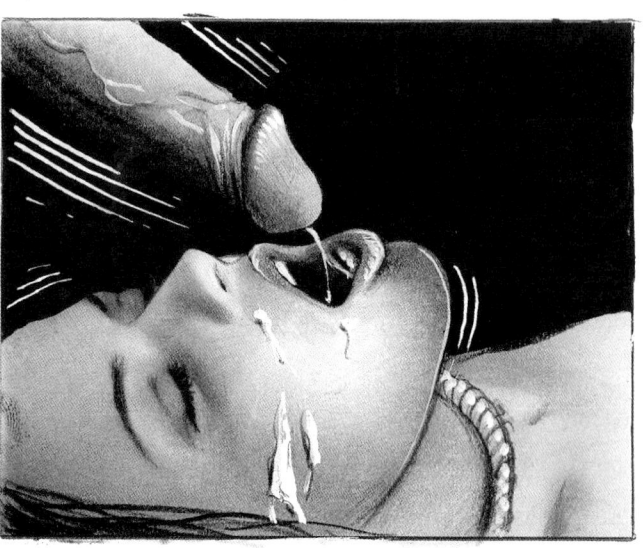

VÉRA SEMBLAIT JOUIR VÉRITABLEMENT DE SA POSITION DOMINANTE... IL ME SEMBLAIT QUE SA VRAIE NATURE ÉMERGEAIT... OÙ ÉTAIT LE TEMPS DES CARESSES ET DE LA DOUCEUR DE NOS ÉTREINTES PASSÉES ?? LOIN... TRÈS LOIN...

CELA DURA... DURA... DES HEURES ? DES JOURS ? JE N'EN SAIS RIEN... JE N'ÉTAIS PLUS...

... QU'UN PANTIN ENTRE SES MAINS... ELLE ME LIGOTAIT... ME FIXAIT... ME DÉSARTICULAIT...

... LES CRIS DES RATS M'ÉTAIENT PRESQUE PLUS TOLÉRABLES...

... QUE LA DOULEUR!

TORTURÉE... J'ÉTAIS TORTURÉE !!! IMPOSSIBLE !! POURQUOI CET ACHARNEMENT DANS LE MAL !???

!HIK! HIK! HIK! HIK! HIK!

HIK! HIK! HIK! HIK! HIK!...

ÉTAIT-CE LA RÉALITÉ... CES RATS... IL Y EN AVAIT PARTOUT... ILS GRIMPAIENT SUR MON CORPS...

HIK! HIK! HIK! HIK! HIK!

**HAN!**

LEURS CRIS... LEURS PATTES FROIDES SUR MA PEAU... L'HORREUR... JE HURLAIS... HURLAIS... JE NE SAVAIS PLUS QUI OU QUOI ME TOUCHAIT ??!!! L'HORREUR...

**AHH!!**

CELA ALLAIT-IL DURER ENCORE LONGTEMPS? DEPUIS COMBIEN D'HEURES OU DE JOURS OU DE SEMAINES ÉTAIS-JE AINSI ENFERMÉE ET MALTRAITÉE DANS CETTE CAVE ??

HIK! HIK! HIK!

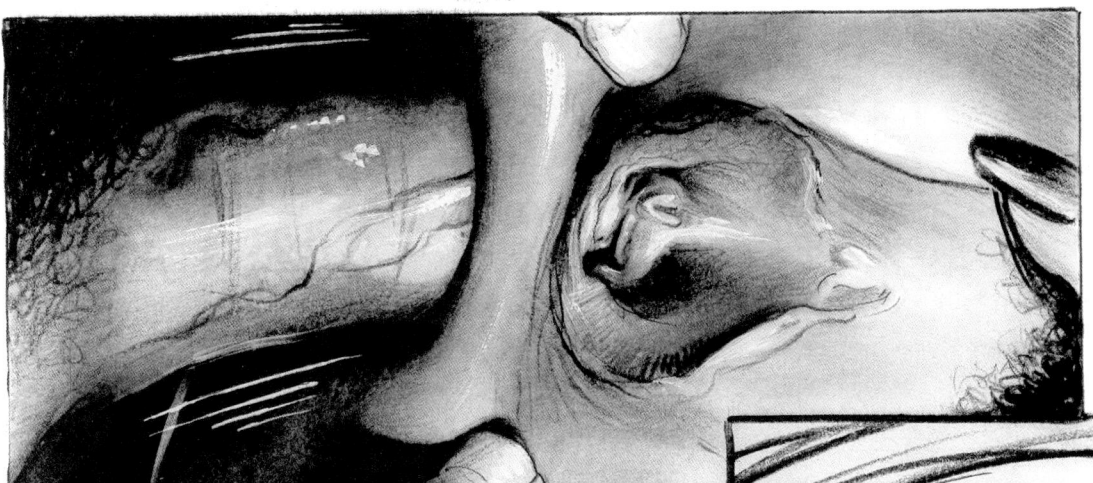

QUAND CE N'ÉTAIT PAS LES COURS DE FOUET OU LES FESSÉES, C'ÉTAIT DES HEURES DE SODOMIE, PAR DES INCONNUES AVEC LEUR GOD OU D'AUTRES, AVEC D'ÉNORMES BRAQUEMARDS...

LA CIRE CHAUDE... L'ÉTIREMENT DES TÉTONS... LES CLAQUES HUMILIANTES... LES SODOMIES À NOUVEAU...

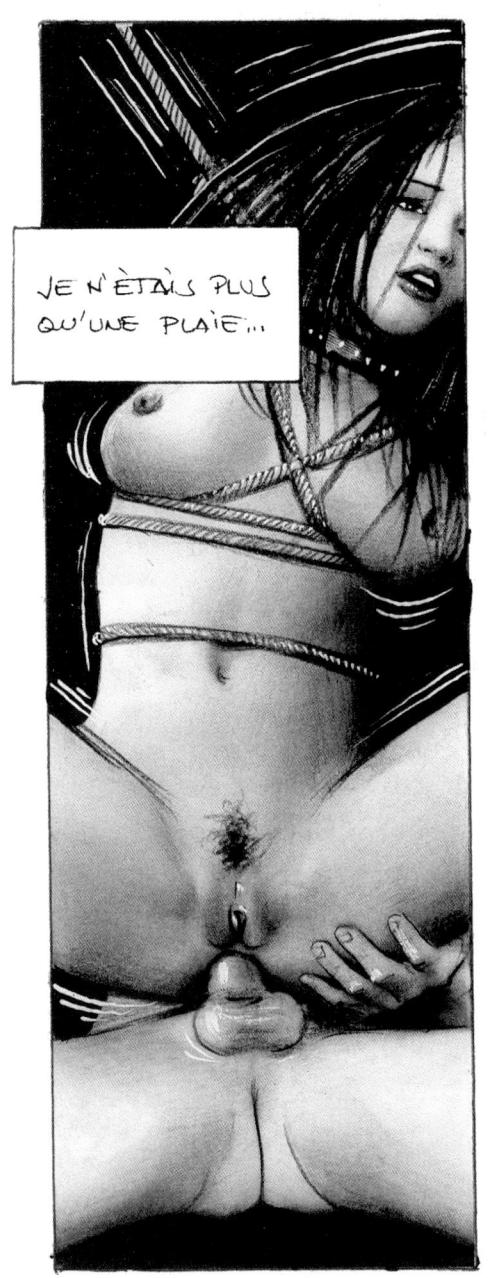

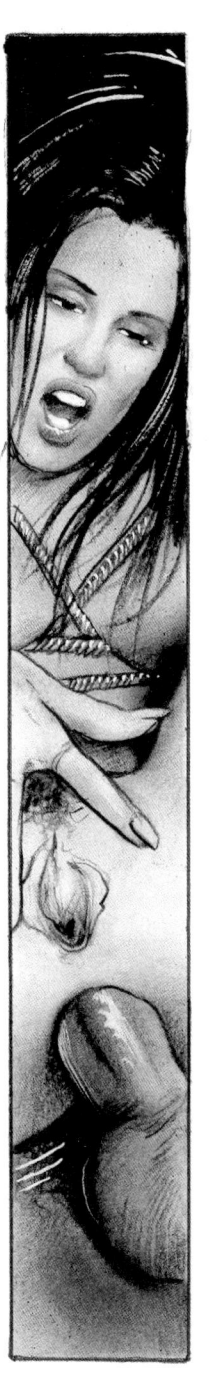

ARRÊTEZ!...

JE N'ÉTAIS PLUS QU'UNE PLAIE...

JE N'ÉTAIS PLUS QU'UN TROU... POUR COMBIEN DE TEMPS ENCORE...?

FIN de la 1ère partie

# Rêves SM 12

INCROYABLE !! JE ME RÉVEILLE, À PEINE REMISE DE MES ÉMOTIONS ET LE CORPS ENCORE ENDOLORI, ET QUELLE N'EST PAS MA SURPRISE DE DÉCOUVRIR, PRENANT NAISSANCE AU CREUX DE MES REINS,...
...**UNE QUEUE DE RAT !!!!**

Hik! Hik! Hik!.

ALORS ? ON SE REMET DE SES É-MOTIONS, VILAINE PETITE SOURIS ??
POUR ELLE, EN TOUS CAS, TOUT SEMBLAIT ALLER POUR LE MIEUX... ELLE RONRONNAIT DE PLAISIR AUPRÈS DE SON... ...ESCLAVE...
ALLEZ ! METS-M'EN UN COUP AVANT QUE JE M'OCCUPE À NOUVEAU DE LA PETITE SOURIS !

ELLE SE FIT BAISER SAUVAGEMENT... JE NE SAIS COMBIEN DE TEMPS CELA DURA, MAIS LE BOUGRE AVAIT DE LA RESSOURCE !! ENFIN, À SON SIGNAL, IL EXPLOSA ET LÂCHA TOUT SUR LE MINOIS DE LA CHATTE EN CHALEUR !

JE SAVAIS BIEN QU'ELLE NE M'AVAIT PAS OUBLIÉE DANS MA CAGE... EN REVANCHE, JE NE SAVAIS PAS À QUOI M'ATTENDRE, ET... JE REDOUTAIS LE PIRE...

— À NOUS DEUX MAINTENANT !!...

MON DIEU...
TOI, TU NE BOUGES PAS ! J'AI QUELQUES JOUETS À PRÉSENTER À NOTRE PETIT ANIMAL...
OOOHH!!
CLICK!!
AHH!!!

TU N'AS PAS L'AIR DE PRENDRE PLAISIR À DÉCOUVRIR CES NOUVEAUX JOUETS...

...C'EST ÇA ! FOUS-TOI DE MOI, EN PLUS... ooooo...

**AAAHHHH!!! ARRETEZ!!!**

AFIN DE ME DOMINER, J'ESPÉRAIS QUE LE PLAISIR QUE LUI PROCURAIT MA SOUFFRANCE ÉTAIT AU MOINS AUSSI INTENSE QUE CELLE-CI... MAIS À QUOI BON ?

HIK! HIK! HIK! HIK! HIK!

TOUT CELA DURA DES HEURES... DES JOURS... DES NUITS... JE NE SAIS PLUS... LA DOULEUR NE QUITTAIT PLUS MON CORPS, TORDU, ÉTIRÉ, PINCÉ, BRÛLÉ, ÉCARTELÉ ETC...

TU APPRENDRAS QUE LES CHATS SONT CRUELS ! ILS ADORENT S'AMUSER AVEC LEURS PROIES AVANT DE LES TUER... MAIS...

... MAIS, NE T'INQUIÈTE PAS ! NOUS N'IRONS PAS JUSQUE LÀ ! NOUS NOUS CONTENTERONS SIMPLEMENT DE NOUS AMUSER !!

... MERCI, CELA ME RASSURE !! QUEL AMUSEMENT ! JE NE SENS PLUS MES MEMBRES, MES SEINS, MON SEXE... J'AI L'IMPRESSION DE N'ÊTRE QUE DOULEUR, PLAIES....

LA CHATTE LÂCHA SA PROIE. ELLE RETOURNA À SON ESCLAVE PRENDRE QUELQUES INSTANTS DE REPOS ET DE PLAISIR. LA SOURIS RESTA PENDUE À SON CROC DE BOUCHER... EN SANG... EN PLEUR... À DEMI INCONSCIENTE... SERAIT-CE LE RÉVEIL SALVATEUR, DÉFINITIF ??

PENSES-TU VIVRE CE QUE TU RESSENS ? PENSES-TU RÉELLEMENT QUE TU VAS TE RÉVEILLER ? LE CROIS-TU VRAIMENT ??

# FIN

*Et tous ces rêves qui m'assaillent, cette envie de toujours vous les raconter...*

*Tome 3 à paraître*